JN151769

詩の結晶は七角形

札幌ポエムファクトリー

ポエムピース

もくじ

招待席

はじめに

3代目工場長 大江那果

ことばの力を信じているか、と問われたら、なんと答えていいのか悩みます。なぜなら僕が信じているのは、ことばの不完全さだからです。

人によって書かれたことばは、書いた人と読む人のあいだに存在することによってはじめて意味が生まれると、僕は考えています。自分が昔書いたものを読み返したときには、現在の自分と過去の自分のあいだに意味が生まれるのです。

だから、書いた人と読む人の組み合わせによっていくつもの意味が生まれます。数式のように揺るぎないものではないから、ときにすれ違ったり、ぶつかり合ったりすることもあります。でも、僕はその不完全さこそが愛おしいのです。なぜなら、それは人間の不完全さとよく似ていると思うからです。

札幌ポエムファクトリーでは、職業も性別も、年齢もバラバラな人たちが集まって、自らの思いを込めた詩を交わし合います。そして感想を伝え合うなかで、作者が想像もしていなかった詩の一面を知ることがあります。まるで一人の人間と接するように、僕たちは詩と向き合っているように思うのです。

ポエムファクトリーは、詩の息遣いを感じられる場所です。そして同時に、「人間はみんな違う」ということが肯定されている場所でもあります。バラバラな人たちが、バラバラなまま詩を通して繋がることができるのです。

この本には、僕たちのなかで生きていた詩がたくさん収まっています。

どうぞ、ページをめくってみてください。

きっとあなたのなかでも、詩が生きはじめることと思います。

詩の結晶について

札幌ポエムファクトリー 技術指導員　松崎義行

詩の結晶を見たことがあるだろうか。
見たことがあるという人は、
それについて教えてほしい。
見たことがない人には、
この本で見つけてほしい。

詩の結晶は、詩、そのものということができるかもしれない。雪の結晶が雪であるように。詩の結晶は、普通に何気なく見れば、それは詩だ。この本に並んでいるような形をして、見られる（読まれる）ことで詩と認識されている。
詩を読んでいると、そこに詩の結晶を発見することもできるだろう。それは読者の目と心が見出したものといえる。詩を読んで、詩の結晶を発見したなら、それは今日一日をすこしだけ良いものにするかもしれない。

詩人が詩を作るとき、詩の結晶というものを意識しているかどうかはわからない。人それぞれ違う形で詩を意識している。詩人はそのひとなりに、詩に何かを宿らせようとするが、それがどんな質のどんなものであるかは、謎に包まれている。調べて集計しようとする人も少ないので、結晶のようなものとは（もちろん）限らない。

私は詩の結晶について考えていたら、いつの間にか季節は変わり、昼間の太陽はどこかに消え、風が窓をガタガタと揺らしていた。

もしかしたら、詩の結晶は誰もが見たことがあるのに、変幻自在で、見る角度によって姿を変えてしまうのかもしれない。私の中からすぐに消えてどこかにいってしまう詩の結晶のイメージを追い求めているうち、これを説明するのは宿題にして、はやく新しい詩を読みたくなってきた。

さあ、ご一緒にいかがですか。ページをめくれば始まりますね。

詩の結晶は七角形

どら焼

✷ 福士文浩

車のシートに体を押しこんで
ため息とともに
今日の労苦を吐き出す
家に着くまでのわずかな時間
体と心を奮い立たせるために
鞄の中からどら焼を取り出す
どら焼は
皮もあんこも徹底的に甘い
一切れ食べただけなのに
銅鑼《どら》のように腹の中で響く

ああうるさい！
これではよけいに体が重くなる
一歩も動けなくなる前に
エンジンをかけて
どら焼からさっささと逃げ出そう

カステラ

きみの母さんは料理が得意で
ぼくがきみの家に遊びに行くと
いつもカステラを作ってくれた

ブロックみたいに四角くて
スポンジみたいに柔らかい
ぼくはそれが面白くて
カステラを押したりひねったりしていた
そんな変なことやめてよと言うきみも
カステラをわしづかみでほうばっていた

ぼくたちを楽しそうにながめていた
きみの母さんはどこへ行ったんだろう
あれから何年もすぎて
遠くの町へ引っ越したきみと
こうしてまた出会えるなんて

あまりにもうれしいから
みようみまねでカステラを作ってみた
伏し目がちにカステラをつまむ
その指先がきみの母さんにそっくりだ
あの優しかったひとときが
きみの顔に少しずつよみがえる

今度はいっしょにカステラを作ろう

もっとおいしく
もっと四角く柔らかくなるように

チョコバー

バスの座席で夕焼けを見ていたら
学生と思しき女の子が
反対側の席に座っているのが見えた
他の客はみんな降りて
バスの中には彼女とふたりだけ
こんな遠い所まで帰るのか
疲れた顔で外を見ていた彼女は
鞄からチョコバーを取り出した
チョコバーをかじるたびに
彼女は褐色の香りに包まれて
その瞳にふたたび輝きを宿す

一日の終わりに訪れたとても小さな幸せ
どうかその輝きを忘れないで

✷ めんどうな人

木ノ下チャイ

あーそれわかる、わかる
わかってないくせに
わかるなんて言わないで
わかるって言えば喜ぶと思っているんだ
言わなきゃ良かった
はっきり言ってくれればいいのに
でもはっきり言われたくない自分もいる、めんどくさい奴
こんな気持ち、誰れか分かってくれるだろうか

うん、それ分かるよ
私にもそういうことあるよ

こんな夜に

窓を開けると大きな三日月が見えて思わずうおーんと叫んだら
家の電気が消えた
ふっくらとした三日月の日はいけない　惑わされてしまうよ
でも自分が自分じゃなくなりそうでなんだか叫ばずにはいられなかったんだ
ちょっと嫌いだった人がだんだんとても嫌いになってしまうのも
こんな夜のせい
夜に打つメールが深刻になってしまうのもきっとこんな夜のせい
庭のサクランボの木がまるでマングローブの森のようにうっそうと茂って
見えるのもたぶんこんな夜のせい
何も悪くないんだ、そのままでいいんだ
朝になれば忘れているから

そうだ　踊ろうよ　サクランボの木の下で
朝になれば三日月も眠たくてそれどころじゃなくなるから
ラッタッタ　ラッタッタ

乾杯、マザーグース

子供はみんな大概うんこが好き
うんこの話をすると喜んで笑っている
でも大人もみんな大概便秘だとか下痢だとかうんこのこと
とっても気にしている
そう、うんこはみんなの大事なこと
みんなの大事なことは今日の自分のうんこ
そういう私もうんこが好き…なんだろう

ある日毎日仕事でオムツ交換するのに嫌気がさした友は
南国に旅立ってしまった
元気なうんこが勢いよく流れてどこかに旅立っていくみたいに

寂しがりのうんこはたまに固くなって流れないでそこに留まっていたりも
するけれど
だけど戻ってきたら言ってみるんだ
うんこは実は砂糖とスパイスとすてきな何かでできてるんだよ、ってね
なに言ってんの、って笑うだろうけど
今日のうんことはみんな一瞬の出会いでジャーッとさよならしてしまう
ものだけど

そして進化する

このあいだソフトクリームみたいなまきまきうんこしたの
きれいだなぁ、とおもってみていたら、ぴかぴかとひかるものが！
なんと100えんがはいっていたの！よくみてみたらなくしたビーだまもあったの！
びっくりしてたらYクンにあってそのことをいったの
そしたらYクンはドーナツみたいなまるくてふわふわなうんこしたって！
きれいだけど、おいしくなかったって！
そして、となりのクラスのKクンのうんこはみどりいろだったって！
なんかつぶつぶしたのもあったみたい

いろんなうんこあるんだねぇ、たからものみつけたねぇえ、いいなぁ。おもしろいなぁ。ボクにもそんなことおきないかなって?

わからないよ、それは…

だってキミのうんこ、くさいんだもの

ごめん、ごめん
こんどさ、りかのせんせいにそうだんしてみようよ

クララから

✷ 菩仏

肺臓フラクタル
静かに深く緩やかな呼吸が
喉の奥の粘膜を掠めていく
膨らみゆく三億個の肺胞が
凍てつく大気を温めている
肺胞を包みこむ毛細血管は
冷たい酸素を血流に乗せた

心臓スペクタクル
受け容れては送り出す左心房

左心室じわりと引き締まって
心耳を澄ませば
呼び掛ける30Hz
心耳を澄ませて
追い掛ける50Hz
心を躍らせるバイオミニマル

生きてることこそ素晴らしい
生きてることこそ素晴らしい

夏の始めのよく晴れた日

夏の始めのよく晴れた日
太陽が沈んだ後に
深い碧が頭上を覆う
それでもまだ空は明るくて
夕暮れと夜の隙間に
今日も一日生かされた喜びを想う

夏の始めのよく晴れた日
夜も深まる頃には
紺碧の宇宙がどこまでも広がる
それでもまだ今日は残されて

眠りに就くまでの間に
日常の些細な生活を折り重ねてゆく

夏の始めのよく晴れた日
淡々と流れる時の中
人生の穏やかな一片に観る
いつも此処にある侘びと寂び
身体を臥して目を瞑り
日常の些細な瞬間に美しさを知る

夏の始めのよく晴れた日は
時が過ぎゆく様を
ゆっくりと
感じさせてくれる

そんなものはなかった

すずな

そんなものはなかった
はじめからなかった
おもいこんでいた
あるとおもいこんでいた
あるものとおもいこんでいた

そんなものはなかった
おもいこんでいるだけだった
わたしのなかにも
そんなものはなかった
はじめからなかった

ほんとうのこと

ほんとうのことを言おう
ほんとうのことは
嘘でできていて
嘘はほんとうのことで
できている

嘘のことを言おう
嘘はほんとうのことで
できていて
ほんとうのことは
嘘でできている

わたしは何も言わない
ほんとうも
嘘も同じこと
ほんとうのわたしが
嘘をつく

一滴

この一滴を落とせば
グラスの水は溢れる
とっくにグラスは
いっぱいになっていた

わたしは知らなかった
この一滴で
わたしは
わたしを喪う

わたしは知らなかった
我慢していた
とっくに限界に
達していた

一滴の水が落ち
グラスの水が溢れ
わたしは
わたしを喪った

蟻

蟻の行列
行列の蟻の
背負っているものは
みんな違う

りんご

昨日食べたりんごは
赤いりんご
半分残したりんごも
同じりんご

昨日のわたしは
今日のわたし
今日のわたしは
残ったわたし

左の靴下

今日
右の靴下は
苺のあかい色
左の靴下は
青い空の雲の色

これでいい
これがいい

違うならいい

違うならいい
違うならいい
ほんとうに
違うならいい

言葉はいらない
言葉はいらない
ほんとうに
言葉はいらない

違うなら
違わなくてもいい

誰でもない

誰でもない
わたしは誰でもない
区別するための
名前はいらない
きょうときのう
あさってとあした
きょうときのう
あさってとあした
何処に続くか知らない
細い一本道
背負ったものを

ひとつ
ひとつ
落としていって
誰でもないわたしは
無にかえる

もう誰も

もう
誰も見てはいない
もう
誰にも見られてはいない

背をかがめ
おぼつかない足取りで
とぼとぼ歩く
年老いたおんな
地面だけを見つめて

ゆっくり歩く
年老いたおんな

街に流れる
人混みのなかで
もう誰にも
見られてはいない

一枚の絵のように
静止したおんなの後ろに
同じ道を進む群衆

ひとりで

人はひとりで
生まれてくる
死ぬる時も
ひとりで死ぬ

手を握ぎられ
名前を呼ばれ
揺り動かされず
ひとりで死にたい
誰にもみとられず

時がくれば
ただ息をとめて
死にたい

どんなに無様で
どんなに哀れで
どんなに悲惨でも
ひとりで死にたい

誰にも見られず
ひとりで死にたい
象のように
ひとりで死にたい

娘

神様ごめんなさいね
これから書くことは
右の手のしていたことを
左の手に知らせることで

私にも異国に一人の娘がいて、そのいく末を案じていたことを、急に思い出したものだから。この事を知っていた、連れ合いも死んでしまったから、もう誰も知る人もいない。私が死ぬ時、ほんのかけらでも思い出したいから、今書いておかないと、記憶の底に沈んでしまう。

もう40年も昔のことだから、記憶も薄れてしまったけれど、6歳の女の子の日本の里親になって、学費と暮らしの糧の、ほんのすこしのものを毎月送っていた。毎年その子の写真と、異国の文字の手紙がきて、だんだんその子が大きくなって、読めないけれどその文字もしっかりしてきて、一年毎にかわいい娘に育っていく、その写真が宝物だった。

その子が無事に大きくなって、幸せになりますようにと、家計簿の一番始めにその子の名前、その次に米代、電気代と書いて、私にも娘が一人いることで苦労があっても、その子を支えていることが、生きている幸せだった。

その子が無事に卒業して、私のもとを巣立っていって、もう何十年経ったか。ガマスちゃん、元気にしていますか。あなたの国で幸せに暮らしていますか。おおきな病気をした時、何一つ残さず身辺整理をして、あなたの写真もありません。幸いにも、私は生かされておばあさんになりました。

身辺整理をした時に、誰にも云っていないけれど、この碌でなしの私が、このまま死んでも、異国のあなたの里親を続けた事だけが、私の人生のただひとつの誇りでした。ガマスちゃん、元気でいてください。あなたの国で幸せに暮らしてください。

神様
ごめんなさいね
あなたとは特に知り合いではないけれど
この事を
左の手に知らせてしまって

マタイ伝　6－3
（汝は施濟をなすとき右の手のなすことを左の手に知らすな）

シングルペアレントファミリー

✸中村昭子

じわっとにじみ出た涙が
ぽろっと雫になって落ちた
詰まっていたものが押し出され
噴き出すようにあふれ出る
激しくしゃくりあげながら
しがみついて叫ぶ
「ごめんね、おかあさん」

つらい思いをさせないよう
小さな心を傷つけないよう

あなたが大事だと言い続け
毎日手をつないで眠った
でも、
やっぱり寂しい気持ちはあったよね
そりゃそうだと思う
だから、謝るのは私のほう
「いつもがまんさせてごめんね」

やせっぽっちの体が
ぺったんこになるくらい
強く強く抱きしめた

この痛みを忘れないでね
これをあなたの糧にしてね

世の中はキレイごとだけじゃない
光と闇があってこそ
生きる価値ある素晴らしい世界だから

ぴんっと張っていた糸が
ぷつっと切れて垂れ下がる
縛っていたものが崩れ出し
涙がぽろぽろこぼれ出た
何度も背中を撫でながら
小さな声がささやく
「ありがとう、おかあさん」

何ひとつ迷いはなかったし
自分で決めたことだったし
あなたの笑顔が私の救いで
いつだって頑張れた
でも、
やっぱり不安な気持ちはあったんだ
そりゃそうだと思う
だから、感謝するのは私のほう
「いつもそばにいてくれてありがとう」

やせっぽっちの体が
ぺったんこになるくらい
強く強く抱きしめた

この痛みを覚えておこう
これを自分の糧にしよう
世の中はキレイごとだけじゃない
光と闇があってこそ
生きる価値ある素晴らしい世界だから

★ゆうくん

閉心

引き篭もる僕
うんざりと嘆く家の声
邪魔者と蔑む族の声

引き篭もる僕
テレビを見て　目を塞ぐ
音楽を聴いて　耳を塞ぐ

引き篭もる僕
向き合うことを拒む

話し合うことを否む

引き篭もる僕
いつまでも
卑屈になる
自分に
家族に
周囲に

卑屈になって
立ち止まる日々の
引き篭もる僕
やがて氣付く

引き篭もる僕
まるで蛹であることに…

朗読怪盗うさぎ

予告状が届く
緊褌一番でＹＥＳ返事

素敵な笑顔で
盗み出す強かさを兼ね備えた小動物
温柔に身をこなす朗読家な彼女

公の場に参上したら
イッツ　ショータイムで
朗読事件が幕開ける

口開けば
本開けば
盗まれる目
盗まれる耳

物を語れば
詩を読めば
盗まれる耳
盗まれる心

本を閉じ
口を閉じるまでに
惹き出される笑顔か涙か幸せか

朗読家で怪盗的な小動物に
心躍る　灯がともる

「やられた」と
僕　心情
好奇衝動に駆られ

本心

見つけて見つけられて
開き始める心がある
手を伸ばして伸ばされて
預ける本心がある

向き合えば
伝わる氣持ちがある
研ぎ澄ませば
伝わる言葉がある
読み掛ければ
伝わる文字がある

だから　読んで欲しいと願い
読んでくれることを願う

読んでくれることが　僕の喜び
読んでくれることが　僕の幸せ

9月6日未明

✷ 村田和

信号も　街灯も
コンビニの看板すら
点いてない

車のヘッドライトと
非常灯だけが灯る街

見たことがない
こんな　夜景

鳴り止まないサイレン
空にはヘリが飛び交う

明るくなってきた
ようやく　あたりが見えはじめた

どんな一日になるのだろう
今日は

兄妹

亡くなる前日
父が言った言葉
ちゃんと言えた　最後の言葉

「かわいい妹だった」

翌日
心肺停止
父が聞いてた言葉
ちゃんと聞けた　兄からの最後の言葉

「がんばった
もう十分　がんばった」
支えられ
讃えられ
愛されて
やっぱ、天晴れ！

LINE

すぐ返信くれる。

既読つく。

一番マメなボーイフレンド。

8月9日　入院初日
「わざわざ来てくれてありがとう。

今食事も終わり、ファイターズ観てます。」

「疲れたでしょ、ゆっくり休んで。」

この日から、既読つかなくなり。

8月11日
「メール読む気力もないんだ。ひどいもんだよな。」
「私読むから。聞いてて。」
ケータイの写真を見れたのは、この日が最後。

8月12日
「咳大丈夫かな？」

8月17日
「おはよ。息子、あさいちで顔出すよ。」

8月19日

8月21日　告別式
「おはよ。今日がんばるね、見ててね。」

履歴消せない。
消せるわけない。

父さん　大好き。

サッポロシティジャズ

私のライブのビデオ
最前列に　父と母
母はビール飲んでご機嫌
父は
ずっとケータイで
私を撮ってた

どんだけ好きなの？
わたしのこと

うちの親は　異常です（キッパリ！）

もう五十になる私と弟を
本気でほめてくれます
あ、ボケてるわけじゃないですよ

謙遜という言葉を知らない
日本人じゃないみたい

そんな両親に育てられた弟も私も
やはり　子供ほめています
ブラボー！

お通夜の席で、
「You Tube で、ライブ拝見しました」
何人に言われたことか

笑っちゃった

認定

親バカ日本一

秋野　和男　殿

✷答えを探して

月乃にこ

どこに目をつけている？
そう尋ねられて顔の両端に小さな人差し指を突き立てて
まだ謎の中でまどろみたいと願いつつ答えた

「ここに……」

階段の一番上で天井の灯りを見つめていた私の目は
正確にここについていたが、目自体は下でも横でもなく
上を直視していた

細やかな切り込み細工が施されたランプカバーからは
光線があちこちに飛び散りとめどなく降り注ぎ
広がる眩い世界

その煌めきの核心に触れたくて
両手を伸ばし広げ、放射の行く先を目で追ったが
めくるめく速さで身体にまとわりつかれ
「あっ」
と声がつい出た途端、みるみるうちに手は天から離れて
別の光に吸い込まれてしまった

そして、ぼんやりとしたほの温かさに包みこまれ
私の心は解かれ柔らかくなり
このまま光と一体になっていたいと祈ったのに

不意に大人の声が聞こえてきた

どこに目をつけている？

「ここに……」
それは、明確な答えだったが
再び天を仰いでも、既に不明瞭な世界は見えなくなり
目がここについているということと
寝ぼけまなこの上にできたタンコブが
「いてっ！」
という答えを出しただけだった

17:00

朝目覚めたら　白一色から
青と緑の光の中にいた
ころころ転がる気持ちを持ち続け
一日　一日　生きてきて
季節はすっ飛んで
今日の 17：03
青と緑が輝きすぎるよ　やっぱり
今朝見た鏡の中の腫れ瞼に目をつぶり
昨日ペンを握った指の不具合を見逃して
また紙切れの上に
言葉を撒き散らす 17：06

Time’s up

半歩、変化

未知の明日に踏み出すことが怖くて、太陽に沈まないで欲しいと泣いてすがりついた夕暮れがあった。

あの頃、耳は閉じメロウなピアノの音にさえ心が響かず、目には見えぬ紐で喉を締め付けられ、唾を飲み込むことも容易ではなかった。

私は身の置き所のない日々の中、崩れ落ちそうになりながらも、まだほんの少し残っている力で背を引っ張り、振り絞った意気で目の前のドアノブに手を掛け回して開けた。そして、恐る恐る足を前に動かす。ジリジリと。

どのくらい前に進んだのだろうか。どれだけ歩けたのだろうか。ふと垂れた頭をあげ、後ろを振り向く。そこには小さな足跡が点々と今の私まで続いていて、確実に以前にいた所とは違う場所に立っていることに気付いた。

思い切って顔をあげてみる。見渡せばまるでストップモーションをかけたような静寂な夕暮れが佇んでいる。

そこに重なるふたつの季節。窓から長く差し込む橙色の冬の夕日は気だるく、夏の夕日は真っ赤に染まる太陽の存在を見せつけ、狂喜に包まれている。

閉じていた耳も再び開き、流れ奏でるバイオリンとピアノの調べが目の前の夕映えにもふたつの季節の夕暮れにもぴたりと当てはまり、私は胸を揺さぶられ大きく息を吐く。

この感覚に感傷的などという名前はつけないでほしい。やっと静閑な空間と風景に、私の掴めない明日も拘っていた過去も、そして、こうして立ち尽くしているたった今さえ柔らかく包み込まれたのだ。

もう、余計なものは要らない。

わかれ

✷佐々木吉伸

ひととひとの別れとは
相手が悪いのでも
自分が悪いのでもなく
二人の関係の終わる時が来た
ただそれだけのこと
そして誰かと出会ってゆく
そしていつかは

夏の佇まい

暑い暑い
足早に
出先へ向かうその途中
お寺の前の自動販売機
チャリーンポチッガッチャン
ジュースを買っているお坊さん
そそくさとお寺の中へ引き上げて
これからお勤めご苦労様

夏の記憶

ひゅるひゅるひゅるひゅるひゅる
となりの家のホンダライフ
砂利道を砂煙と
か細いタイミングベルトの音を立てて走り去る
舞い上がった砂煙のにおいは
太陽の光と一昨日降った雨とが混ざっていて
うれしいのです
壊れかけた電話ボックス
家の斜め向かいに立っていて
電話台の上には銅線のはみ出した黒いコード
僕が赤ん坊だったころ

家には電話なんてなかった
まだ6つの僕は
自分の小さかったときのことを想像すると
むずむずむずむず
思い出そうにも
がんばってもがんばっても
ひゅるひゅるひゅるひゅる

月色の繭

✷大江那果

いまのままではどこにもいけない
理屈ではないところで
とっくに気づいていた
月面で生きる人々の
声だけがきこえる

「お前を誰にしてやろうか」
読み進めなくても過ぎてゆく
退屈な日々に狙われて
私はふかく息をするために

やわらかな鎧をまとう

からまわる思考の流れが
やがて頼りない糸になり
糸はしずかに折り重なって
月の光を織りこんでいく

繭のなかで私はとける
ものさしやことばすらすて
男も女もない場所で
はじまりゆく可能性になる

（わたしを誰にしてやろうか　古い身体が祈っている　もっともらしい顔しか
できない　あなたはいい子ね　裸の感情が渦をまく　私はわたしを利用してい

た　彼はいつ飛び立ったのだろう　設定されたくない　少し誰かを傷つけたい
輪郭を超えて恋をしたい　私はここにいる　まだ、ここにしかいられない）

蛾と蝶に区別はない
そう言った担任の生物教師に
私はたぶん嫌われていた
芋虫は生まれ変わるのではなく
しずかな覚悟でつくり変わるからこそ
ひろい空を飛べるのだと
教室でない場所で教わった

揺れ動きながら
たしかなひとりになりたい
月に見守られて

私はいま、
しなやかに生まれゆく

紅

未知世

銀色に輝く細い針の先を
見つめる勇気もなく目を伏せる時には
強く強く　ただ君を想う

あれから何年　何度と
君はこうして目を閉じたのだろう

君の免疫が誤作動を始めてから
毎月　時にそれ以上
静かに紅を見つめていたのだろう君

わがままを許される子供だった頃から
泣きもせず　悪態もつかず
吸い取られてゆく深い紅を
ジッと動かず　静かに感じながら

優しく作業してくれるナースに
礼儀正しくお礼を言い続けてきた君を

年に一度のこの時には
心から君を誇りに思うんだ

戦士へ

ママ　ごめんね

なんでさ　君はぜんぜん悪くない

解ってるでしょ
君はぜんぜん悪くない

こっちこそ　ごめんって
もっと　しっかりと
伝えたいのに
伝えられないから

君の身体
肉
骨
血液
神経
反乱者の免疫に
がっつり届くように

ただ黙々と

野菜を刻み
肉を刻み
炒めて 焼いて
煮込んで　蒸すから

LINK ー君の決意表明にー

って事はさ、覚悟を決めたってことなのかな

LINEに送られてきたLINKは
君の決意表明みたいで
返す言葉は見つからず 既読スルーのまま

君とて なぁんにも 無かったように
普通に 笑って 食べて 動画を見続けてる

昨日と何にも変わらない君の笑顔

僕は君が歩む　なだらかではないであろう道に
ひとり想いを巡らせる

皆んな　自らシナリオを選び
此処に落ちてきたはずなんだ
なのに　暗いトンネルを抜け
光の中に生まれ落ちた瞬間に
自ら選んだ　いろいろな　いろいろを
きれい　すっぱり　忘れてしまうから

真っ裸で　頼りなくて　切なくて
ヒリヒリで　ざわざわで
苦しくて　恐ろしくて
生きてゆくのが　辛くなるんだ

君の2倍以上生きて
厚い甲羅に覆われた僕とて
いまなお 時にヒリヒリだけど

どうか 穏やかな時代《トキ》の風が
君の背中を押してくれますように

ただ 君が君らしく
君の幸せを見つけてくれれば それでいいから

はじまりに

君から届いたLINEの
透き通る水面と青い空

君の残した小さなしるしに触れながら
どんより曇る　寒空を見つめる

最北端と最南端にて
君なに思う
我なに思う

✷ホイッスル

兎ゆう

僕はいつも君のポケットの中にいた
君がピューッと僕をならせば
君の心は弾んでる
君がヒョローンと僕をならせば
君の心は揺れている

新米バスガイドだった君
涙もろくて
おっちょこちょいの君が
人気バスガイドになっていくのを

僕はいつも君のポケットの中で見ていた

君が僕をならさなくなって数年が経つ
今僕はオルゴールの中にいる
君が新米バスガイドだったころ
ちょっぴり背伸びをして買った
カメオがついた宝石箱のようなオルゴール
蓋を開けるとエリーゼのためにが聞こえる

今僕はオルゴールの中で君を待っている
オルゴールの蓋を開け僕を見る女性がいる
君とよく似た目をした女性
君とおなじで
涙もろくて

ちょっぴりおっちょこちょい

彼女は僕をならさずじっと見つめる
ねえ、君
ひろこは元気かな？
ねえ、君
ちょっと僕をならしてくれないか
君を通じて
ひろこの吐息を感じたいんだ

無題

朝焼けの飛行場
追い求め続ける幸せ
追い求め続ける苦しみ
翼を広げたものだけに
見える景色がある

✸ ただ雨が……

飯野正行

雨
天から屋根へ
屋根から地へ
愛車のまわりは水浸しだ

敷石も
欠けたブロックも
丸められた番線も
夜の雨に
冷たく震えている

雨の中には何も聞こえない
君は違う世界で暮らしている
私は一つため息をつく
カーテンが微かに揺れる
大粒の雨が屋根を打つ…

雨きらいじゃないんだ…

ごめんね
ぼく雨きらいじゃないんだ

空気は綺麗になるし
草も木も元気になる
なにより
気持ちがしっとりとするのがいい

子どものころ長靴履いて
わざと水たまりに入ったっけなぁ

街にはカラフルなパラソルの花が咲き
虹がかかり
あの茶色い石畳はやさしく煌めき
窓をつたう銀の雫に揺れるネオンが映る…

だから「あいにくの雨で」と言われると
なんかおもしろくないのさ

ごめんね
ぼく雨きらいじゃないんだ…

11月　三条通りで

✷佐藤雨音

西へ向かうこの一方通行を
いくら歩いても君のところへは届かない

小さなシアターや
通りを渡った先にあるカフェ
私たち立ち寄る余裕すらない毎日だった

11月まだ雪は積もらない
指先も鼻の頭も凍るように冷たい

ヒリヒリと痛みが戻るとき
目を瞑り大きく息を吸う
ワタシハ　ダイジョウブ
ワタシハ　ダイジョウブ

両腕に抱えた
紙袋の林檎を抱きしめる
優しいひとがくれた甘酸っぱい香り
むせるまで大きく息を吸う

君のいない世界は
自由で孤独で、幸せだ

✷光るもの

古川奈央

その手の中にある 光るものを
一度そこに置いてみようか

目を上げると かつて当たり前に眺めていた 山の色
春から少しずつ緑が深くなり
赤く 黄色くなって やがて水墨画の白と黒
それは 窓の外にある色

手の中にある 光るものを置くと 両手が空くでしょ
その両の手のひらで 大事な人の頬を包み込めば

きっとその人は　いままでで一番　繋ぎ止めたくなる笑顔を見せる

そしてその　空いた手のひらで　コーヒーを飲み
見上げたそこには　あの人の笑顔
光るものの向こうにある世界は広いけれど
あなたの五感が　いまこの瞬間に得た感動にはかなわない

ね。そうでしょう？
だから　光るものを置いてみよう
あなたの　リアルな世界を　もっとリアルにするために
あなたのリアルな世界に　私を入り込ませるために
私は　ここにいる

一生問答

答えを探しているあなたへ
そこに答えなどない
あなたが見つけた答えは
次の問いへの入口だ

問いと答えを繰り返し
自分が何者か　わからなくなり
人に問うて答えを見つけた気になるが
それはいくつもある答えの中の
たった一つに過ぎない

それを世界の全てだと思うな
人の教えてくれた善意の答えも
自分で泣きながら手にした答えも　真だ
どちらを選んでも　正解だし　不正解だ

そうして三年　五年　十年と時を重ね
いつか死を意識した時
初めて欲しかった答えを
手にできるのかもしれない

その日を後悔の一日にしないために
今日　あなたは命を生きるのだ
その命を　無駄にせず生きるのだ

半島

✷ 大沼いずみ

東の半島を巡っていた
空の向こうから覗いてみれば
飛び出たその場所は
トーンは明るく
摩訶不思議

海はひたすらに沈黙して

海を臨む学校がひとつ
風の声が聞こえてきて

クマザサをさーっと
靡かせた

人の世の物差しで見れば
それは寂しい
まっさらな目で見てみれば
自由と豊かさと

錆びた舟が一艘
丸みを帯びた水平線が
迫ってきて
これから船出でありましょう

海はひたすらに光を生んで

眼に映るそれらは全て
すぅーとしみて
宝石でありました

ビードロ

8月の終わりは
急に夕方が早くなり
まだ仕事も終わらないうちに
また明日と呟きながら
日が傾き始める

夏の名残りか
少し斜めに差し込む光は
力を落とさない

庭先の

草花たちが
特別な光に照らされて
透かされる
それぞれが一気に姿をあらわすように
別の世界を作り出した
ビードロとなって
自分の色を際立たせ美しく
放つ光は柔らかく

どこからか
笑い声が聞こえてくるようです

その世界では
隠れていた平和が

あぶり絵のように
ゆらりと
打ち明けるように
優しく現れる

今日も見つけられたら
あなたに知らせよう

大地に近く空に近く

稜線を歩く人
二つの島弧のぶつかり合い
その先の先
ぶつかり合うエネルギーが
新しい空気を生んでいた

稜線を歩く人
大地に近く　空に近く
他に何もない

他に何もない

吹く風は
地球の声にも似て‥
稜線を歩く人が
大きく息をした

✸ 対象を切り裂きながら
―一枚の絵―

松崎義行

椅子に腰掛けている女
という絵を
観ている女の肩に
男が手を回している絵を
若い女が見入っているのを
若い男が見ている

その様子を私が見ている
美術館のフロアは

猛暑の世界から隔絶され
くだらない騙し合いの世間とも無関係で
絵の亡霊たちに囲われ結界が張られ守られている

私は誰かと待ち合わせて
三階のレストランでランチをいただくことにしよう
初めてここに来た日のことを
胸の中に確かめながら
ナイフとフォークで
対象を切り裂きながら

一枚の葉

まだ寝ているのかい？　と
風に翻った葉っぱが
窓越しに語りかけてきた

ぼくは眩しくて眼を覆った
そして
あたらしい一日に挑もうと
心にエンジンをかけた

オイルが切れているのか
エンジンは頼りない悲鳴をあげて

助けを求めてきた
ぼくはそれには気づかないことにして
小さなエンジンを抱えたあの子のことを
思った

歩く早さを合わせれば
話すことができる
ぼくが見つめれば
見つめ返してくれる

ふたりが歩いて行く遠景を
眺めている
高台にある一本の樹の
一枚の葉

招待席

✷一夜

田原《でんげん》

馬は一夜のうちに手綱から逃れる
道は一夜のうちに塞がれる
雪は一夜のうちに溶け去る
雲は一夜のうちに散り散りになる

旅人は一夜のうちにふるさとに帰る
理想は一夜のうちに実現する
港は一夜のうちに沈没船を呼び戻す
湖は一夜のうちにすっかり涸れる

バラは一夜のうちに花弁を残らず散らす
処女は一夜のうちに汚される
駱駝は一夜のうちに渇いて死ぬ
英雄は一夜のうちに疑いをかけられる

彷徨える亡霊は一夜のうちに安住の地に到る
星々は一夜のうちに雨粒となる
鬼火は一夜のうちに暗闇を征服する
荒地は一夜のうちに良田となる

池を一夜の星の光で溢れさせ
野生馬に一夜のうちに草原にたどりつかせ
女神を一夜のうちに人間界に下らせ
チューリップに一夜のうちに愛の箴言を花開かせ

一夜のうちに　パンを飢える者の前に
一夜のうちに　失意の人を思い止まらせ
一夜のうちに　悪夢を風で吹き飛ばし
一夜のうちに　あらゆる戦場を子供たちの楽園に変える

半分の香港

半分は山に凭れて、車は曲がりくねった山道を走る
半分は海に囲まれて、船は海に漂う

半分の高いビルは青空を奪い合い
半分の狭い平屋は日陰に悩む

半分の乗客は市バスの中で居眠り
半分の広東語は地下鉄で大声の弁論をする

半分の豪奢、半分の安物
半分の微笑み、半分の焦燥

半分の金持ちは脂ぎって別荘に住む
半分の貧しい人はぼろぼろ服でウサギ小屋に寝る

半分の寺にゆらゆら立ちのぼる線香の煙はむせかえって息ができない
半分の天主堂の抑揚のある鐘の音は心を洗う

半分の独裁、半分の民主主義
半分の故郷、半分の異郷

半分の憧れに絶望が充ちる
半分の絶望に憧れが充ちる

半分のインド人は菩薩を忘却する
半分のフィリピン人のメイドは子供を自国に残して母親を演じる

半分の人はその地で生まれその地で育ち
半分の人は移民し亡命する

半分の母語に苦い郷愁がある
半分の訛りにバタくささが入り混じる

半分の歴史は洋服を着る
半分の未来は保証できない

半分の看板に繁体字が漂泊する
半分の表札に英語が根を下ろす

✷切り殺された紅衛

駱英《らくえい》　竹内新／訳

死人を見て成長した世代なので幽霊は怖くない
例えば反革命は銃殺された　或いはまた地主は糾弾されて死に　紅衛兵は切り殺された
その年　炭鉱労働者の造反派が攻勢をかけ　西塔の学生たちは守りを固めていた
三日三晩　戦闘は熾烈を極めた　それでもまだ死人は出ていなかった
学生たちは屋上から雨あられと石を降らせ　命懸けで偉大な指導者を防衛した
鉱夫たちは声高に造反有理を叫び　刀や両刃なぎなたをピカピカに磨いた
町中の人間が観戦し　食べることも飲むことも忘れてどっと声援を送った
石礫は乱れ飛び刀はきらめき　革命の闘志は誰も彼もすこぶる強靭だった

高い壁を攻め破ってからの鉱夫たちは　ならず者学生のヒヨッコをさんざんにやっつけた
手を上げて降参した者は　尻に鉄の鞭打ち三回の後　とっとと失せろということでよかったが
無鉄砲野郎の紅衛兵はパチンコを高々と掲げ　不屈の精神で依然として四方へ射ちまくっていた
何故かと言えば　周りで見物する女子が　彼のことを男の中の男だと英雄だと叫んだから　だ
一人の鉱夫が刀を握って背後に回り　不意に彼の後頭部に斬りつけた
彼は即死だった　遺体は家族によって軍の警戒守備区の集合住宅に担ぎ込まれた
解放軍は擁護のしようがなく　公正な道理を示すにはとても難儀すると言ったのだった
市全体が人の列となり　切られて二つになった頭を代わる代わる眺めるのだった

段磊《だんらい》の死

段磊は　内モンゴルのレスリングチームからやって来た　文才に優れ　彼の書く小説は人を魅了した
彼は常に酒瓶を手に酒を飲み　壁に寄りかかって　彼のガールフレンドが人と社交ダンスを踊るのを見ていた
私たち二人は共に西北から来た　意気投合した　どちらも義理人情に厚く粗野なのだった
共に「文攻武衛」の一連のやり方に精通し　誰に対するにも疑問符を付けたままにしておいた
学生食堂で飯を出すために　結局　七七年度と七八年度の男女学生が生産隊へ入った
工農兵学生は一段格下　早いこと北京大学の門を出てゆくべきだと　皆が思っ

ていたのだった
私は人を引っ張り出す任に当たり　段磊は人を殴り倒して地面に転がす役を実
行した
北京の同級生が密かに図り　幹部の子弟を嫌っているという理由で担任を罷免
しようとしたので
私と段磊は宿舎のドアを蹴破って彼らの先祖十八代を罵ってやった
それは五四運動の伝統だと言えようか　我が民族は百年来一貫して一切を打ち
壊してきたのだ
またそれは新文化運動だと言えようか　我が民族は百年前に孔子様を打倒した
のだ
その頃　未名湖の水は澄み渡り　私たちの身にはいつもトウモロコシ粥がくっ
付いていた
その頃　文革は収束しつつあった　最後の工農兵学生が卒業して大学を離れた
のだ

段磊は内モンゴルへ帰りテレビ局の仕事をした　怒りっぽい性格になり気がふさぐばかりだった
ある年の春節　私は彼のところへ行き酒を酌み交わして往事を語り深い溜息をつき　スターリンを語り魯迅を語った
深夜　段磊は死んだ　腎臓の衰弱から酒は絶対に飲んではならないということを　彼は言わなかったのだ

駱英詩集『文革記憶』（竹内新／訳）より

キーホルダー

✷御徒町凧

ショートケーキを食べてみたかった
たいていのことは我慢できるけど
金魚に比べればマシだと思ってた
ＬＥＤがけっこうキツくて
これが鬱なのかなって日記に書いた
青空の下の麦わら帽子の絵葉書が
一番の宝物
ア・ロット・オブが上手に言えない
どこにでもあるようなことが幸せなのに
どうしてみんな急ぎ足で行くんだろう

駐車場で明かしたあの夜景が
走馬灯のハイライトを飾る

パーカー

あの日あなたと目があって
帰る場所をなくそうと思った
「只」であることが嬉しくて
草原の真ん中に立つ

海ネズミが支配する海賊船
飲みかけぬるくなったジン・コーク
履けなくなるまで履かれたコンバース

孤独だね
うん

孤独だね

嘆かない花？
そりゃいっぱいあるよ

雨あがり
振り向いた
あなたが霞む

貝殻

微笑みが微笑みであればいい
と
水溜りに映るビルに映る雲

考えごとをしている
と
考えごとになってしまう

人類最大の発明は
無論
カゴのついた自転車である

10秒の詩

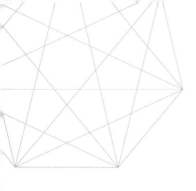

短い言葉が心の鍵をあける
コインのように手のひらにのる
10秒の詩をどうぞ!

(コメント/みちる)

★ 松崎義行

スマホは誰より身近な親友
いつも一緒に生きている
父が死んだときも
母の言葉を最初に伝えてくれた

★

あの森に行きたい
緑の風が香るところ
季節がとどまって戯れているところ
夜には置いてきた自分を遠く想うところ

飛び石を渡るように、一つ一つの詩を渡っていきましょう。それぞれの場所から、どんな風景が見えるでしょうか？

★

お気に入りのカフェで
好きなことを考える自由
カフェで好きな飲み物を注文する自由
わざわざ自由と言ってみる自由

★

あなただけに　そっと
大切なことを打ち明けます
言葉にはしないで
遠くから視線を交わすときに

言葉では伝えられないことは、あえて言葉にしないで伝えることもできますね。その時は、詩も沈黙して、語るのをやめます。

★飯野正行

雨って
恥ずかしがり屋さんだね
屋根ごしに
お話しして来るんだもん

★

雨のあと
水が流れる
小石さんたちが
きらっ、きらっ

★

雨が降ると
水たまりができる
ぼくは
空の上に立つ

★

雨
うつやかに
見かえりがちに
立ち止まる…

雨は汚れを洗い流す。普段は目立たなかったものを輝かせる。そのため、私は新しい決意をする。

★月乃にこ

白い雲浮かぶ　青いノート
めくって見たいと思わない？
無邪気さが底抜け過ぎで
破って見たいと思わない？

★

おやすみなさい
の合図を口ずさんだら
気づけよ
と月のかけらが
左むねに飛び込んできて
あ、痛。

ノートを破るときの感触、思い出します。スマホは破れないから、ノートはすごいですね。

★

言葉にだけ頼らずに
言葉に寄り添っていきましょう
もうひとりの私が
肩をたたく

★

今日は雨にしてください
と誰かが一途にお祈りしたものだから
しとしとしと……

さあ、想うまま新しいノートを
ブルーに塗りつぶせばいい
雨のインクで……

雨のインクはブルーですか、
なるほど。私は透明と思って
いたけど、そうか！　雨は「私」
のブルーな言葉だったのか！

★ゆうくん

姉が　一番泣いた
一番泣きたかった母や祖母の分も
一番泣かなかった弟の分も
一番向き合わなかった僕の分も
姉が泣いた

★

吃音（ぼく）だって
投げたいし捕りたい
ボールも言葉も

お姉さんの気持ち、「ぼく」が一番わかっているのかも！

★村田和

母の口癖「美人薄命」
あれから四十年
今や薄命詐欺
更新重ねて
レジェンドめざせ！

薄命詐欺って、被害者
はいなさそう。

★

私「美人薄命っていうし」

夫「自己申告なら。

　K点越え確実」

！！！

ノーマルヒル（90）？

ラージヒル（120）？

レジェンドなるか？

詩人たちのエッセイ

詩人たちのエッセイ

兎ゆう（うさぎゆう）

日曜詩人、岐路に立つ

母の遺品を眺めていたら、一篇の詩が生まれました。それが、「ホイッスル」です。そしてこの詩以降、私はさっぱり詩が書けなくなりました。札幌ポエムファクトリーは、私にとって母の死を乗り越えるグリーフケアの場でした。講師の松崎さんと仲間たちが、詩を通して私の心に寄り添ってくれたことが大きな救いとなり今の私があります。私の詩は、母がテーマのものばかりでした。母のことしか、書くことができませんでした。だからこそ、「詩が書けない」というスランプを迎えたとき、私は母の死を乗り越えた自分に初めて気がつきました。グリーフケアとしての詩作が、一定の役割を終えたことを知りました。

飯野正行（いいのまさゆき）

半径 30cm の感動

詩作の中で「信仰」にも似た思いを持っています。ささやかな事柄の中にも一条の光があって、それを人々の前にそっと置きたいのです。小さな希望の灯となることを願って。ですから多くの場合、私の詩材は、破れたスリッパや、タオルを洗面器に浸した時のあのぷくぷくや、幼ない子が毛布をかけてくれたその瞬間などが詩となります。半径 30cm の視点。半径 30cm の感動です。今回のこの詩集では、「雨」をテーマにしたためてみました。2016 年 9 月第 I 詩集『こころから』、2018 年 4 月第 II 詩集『せつないほどに』を出版いたしました。

大沼いずみ（おおぬまいずみ）

景色が詩になる時

閉店間際のスーパーの駐車場、目の前に淡く虹。たった五分、店に入り出てきたら綺麗に消えていた。こんな風にいつだってじっとそのままなんて有り得ない。地球はせっせと自転しているし景色だけそのままなんてね。だから今見られてラッキーを繰り返して、貯金をするように生活をする。立ち止まれない時はくやしい。だけど私が考え事をしながら歩いてる時に後ろでいろいろ繰り広げられていると想像することも悪くない。だってちょっと滑稽だ。深刻な顔してる後ろで景色が笑ってたりね。

日々美しさは知らないところで繰り広げられている。そう思うと無尽蔵で逆に安心するかも。時々目の当たりにすると感謝したりする。そして嬉しくなって詩にしてます。

大江那果（おおえなか）

彼について

この文章を書いているのも、ポエムファクトリーに参加しているのも詩を書いていない僕です。詩を書いている僕は、文字通り詩を書いているときにしか存在できないから、僕は今、これを書きながら彼の後ろ姿を眺めています。詩が完成した瞬間に詩は彼のものではなくなるから、彼はいつも書き終えられると確信した瞬間にさみしくなって、少しのあいだその詩と距離を置きます。そして、完成後にその作品について語る、彼ではない僕のことばにはいつも過不足があるのです。ただ、僕にしかみつけられない彼の作品の良さもあって、なにより、ほかの人の感想を聞くことで僕は彼に近づけるような気がします。不思議なことですが、多分彼は僕よりもずっと多くのものを感じているのだと思います。

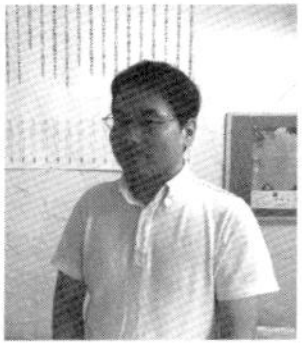

佐々木吉伸（ささきよしのぶ）

拙い男の拙い文章

数年前、ある人から、詩を書いてみてはと提案していただきました。書いたことはなかったのですが、その後、ポエムファクトリーの皆さまとご縁があり、書かせていただくようになりました。それからは、自分にも詩が書けると自惚れておりました。しかしながらこの度、こちらの皆さまの多大なご厚意により初めて詩集の制作に参加させていただき、自分の作品を世に出すに当たって、己の経験の浅さと、詩心の無さ、実力不足を痛感することとなり、書き手にとって痛い経験となってしまいました。関わっていただいた皆様へ心より感謝とお詫びを申し上げます。

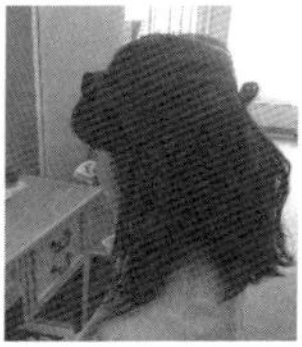

木ノ下チャイ（きのしたちゃい）

言葉は進化していって

仕事や介護などで疲れていた頃、昔マンガや小説など書くのが好きだったことを思い出した。また何か書いてみたい ... そう思っていた頃、たまたま俊カフェで詩の講座があることを知った。詩は初めてだけど書けるのかな？最初迷ったものの、古川さんが優しく説明して下さり、何か面白そうという気持ちが勝った。講座では詩人の松崎さんが言葉を丁寧にときほぐし指導して下さり、気付かなかったことを指摘され、まるでカウンセラーのようだとも思った。今まで書いたものは自己完結していたのが、他の方の意見や詩も読むことができて勉強になり、不思議な充足感があった。

最後に古川さんはじめ、松崎先生、講座に参加されている皆様、温かく迎えて下さり、詩集まで参加できて感謝しています。ありがとうございました。

すずな

眠っていた記憶

湧き出て来た言葉の数々に戸惑い、おお急ぎで書き留めたら、それが「詩」になり、気付かなかったが、こころが軽くなった。今まで、記憶の奥底に眠っていた私が現れて、それが言葉によって表に出てきた。私は、こんな事を思っていたのか。こんな事を、感じていたのか。初めて会う自分に戸惑い、驚いた。

若い時には、絶対に書かなかった、あんな事や、こんな事を言葉が綴り、若い時には絶対に書けなかった、こんな事や、そんな事が「詩」に現れた。目には見えない何かによって、書かされた。隠れていたものを、書かされた。まだ、自分に驚いている。
70 代になって、運転免許証は返納した。

佐藤雨音（さとうあまおと）

引き返せない地点に立って

答えのないことを考えるのが好きです。

答えがないというよりは、正解がたくさんあることかもしれない。自分にとっての正解をあれこれ探していく過程はどちらかというと苦しいことが多い気がするけれど、私はやっぱり自分の人生の行き先を自分で考え、自分で決めたいのです。なんて言いつつ、なんとなく昨日の続きで生きていたりもするのですが、なんとなく昨日の続きが来たことは、奇跡なのだと最近やっとわかってきました。今の自分が遠い昔に思い描いた大人なのかどうかわからないけど、正直な自分で精いっぱい生きています。

感謝と愛をこめて。

月乃にこ
（つきのにこ）

鏡を見つめよう

詩は鏡だと思います。鏡に映った詩は、知ろうとしなかった自分を表していることがあります。詩で想いを吐露することをためらうと、妙に気取った感じになり薄っぺらで誰にも伝わらないようです。それだと、詩を書いても物足りなさを感じるので楽しくありません。

ポエムファクトリーでは、多少プレッシャーがありつつ顔から火を噴いても詩で我を露わにでき、鏡に映る自分の素顔を直視することに怵かなくなり、詩を作ること、触れることに悦びを得られるようになります。今私はそんな悦びに浸れて幸せを感じています。詩を通して出会えた皆さんありがとうございます。

中村昭子
（なかむらあきこ）

私事ですが…

この春離婚し、息子と新生活を始めました。正直、ずっと詩は書けませんでした。書く気にもなりませんでした。今回書いたのは、そんな中でギュウギュウと絞り出したものです。離婚後、涙などとうに枯れたものと思っていましたが、些細な口げんかをした際、息子が勢いで父親といればよかったとひと言…。その途端に私の目からは涙があふれ出ました。驚いた息子は叫ぶように謝り、最後はお互い抱き合って泣きました。息子に無理をさせているのは分かっていました。息子がいるから頑張れるという想いもありました。ごめんねとありがとうの繰り返しでした。これからもこんなことが起こるでしょう。それでもお互いを思いやり、ときには気持ちをぶつけながら、息子が巣立つ日まで一緒に時間を重ねていきたいです。

古川奈央
（ふるかわなお）

詩のある生活

谷川俊太郎さん公認の「俊カフェ」オープンから3年目。ほっと一息つきたくなったときに詩集のページを開いていた日々から一転、毎日が詩で満たされるように。世界にファンを持つ俊太郎さんの作品を日常的に読むことで、自分が書いたものを人目に触れさせることに躊躇することも増え、今回はさすがに掲載を控えようと思った。それでも背中を押してくださる方がいて、消極的にページに割り込ませていただいた。俊太郎さんは「詩集の中で１篇でも気に入る詩を見つけていただけたら嬉しい」とおっしゃっている。その１篇がいつか書ける日を願って、今日も夜中に詩を綴る。

福士文浩
（ふくしふみひろ）

言葉とはなんだろう

わたしは幼い頃から本好きで、自ら本を作ろうとしたが、自分の言葉に何かが足りないと思っていた。そして札幌で、ポエムファクトリーとそこに集う人々に出会い、対話によって言葉が開かれた。言葉は語る人と聞く人の心を開くもの。言葉自体も開かれて詩となってゆく。わたしたちの言葉で、読み手が心を開いてくれたら、それより嬉しいことはない。

未知世（みちよ）

ただのわたし 三度呟く

あいも変わらず たわいもない
拙い言葉を綴らせて頂きました。

私事のどうでも良い日常の呟きに、お付き合いくださった読者さま、ありがとうございます。

もし、少しでも あなたの内側に届く事が出来たらとしたら、この上ない喜びです。

三度、胸につかえたモヤモヤを、吐き出す機会を与えてくださったポエムファクトリーの面々、マツザキさんに心から感謝です。

菩仏（ぼぶ）

生きているとそこに詩がある

旅が人生の大半を占めてきた。

バックパックを背負いスケートボードに乗って家を飛び出しヒッチハイクで旅を始めた 17 歳から拙い言葉を綴り始め、気付けば紙上とペン先の間を見つめることが習癖となっていた。

止むことを知らない内なる衝動に従ったこの旅が、生きていることを感じさせてくれている。

この膨らみ広がる想いたちは言葉によってその輪郭を象られ、誰に見せる為でもなくノートの上に敷き詰められてきた。人目につくなど思ってもいなかった恥ずかしがり屋の言葉だけれど、もしもあなたの琴線に触れられたならこの上なく嬉しく想う。

ありきたりな言葉かもしれないが、いつの頃からか人生そのものが旅となっていた。そして今も永遠のようなひとときの旅を続けながら…

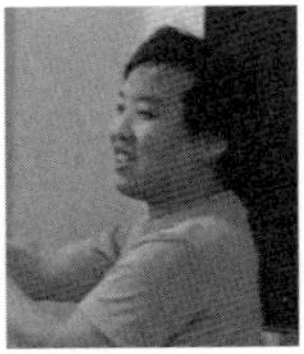

ゆうくん

立ち止まる、考える幸せ

絵本セラピスト基礎講座の時、誰かの為に絵本を選んで読むと言うのがありました。

今回はその時の「誰の為に？ 何の為に？」を意識した詩になったかもしれないです。

僕はこれからも絵本が主力になってくる朗読家だけど、それだけじゃない事も伝えておきたいし見て欲しいと考えました。僕にとっての詩、絵本、朗読…それらの幸せなんだろう？ってじっくり立ち止まって考える深める詩に出会いました。それが表現出来ているかは未知ですが、前回と比べて成長してるゆうくんを感じていただけたら幸せです。

村田和（むらたいずみ）

きっかけは、父の死でした

わずか 11 日間の闘病
家族、親せき、いろんな思いを昇華させてきた
この２年

一番喜んでくれたはずの人がいなく
しかも自分のこと書かれていて
元気だったら　何冊も買って配ってたな
むこうで天国アマゾンのレビュー書いてるんじゃ？

宣言！

「これからも、自分の心に触れたことを、言葉にしていきます。」

田原《でんげん》
(Tián Yuán)

私の詩について

「一夜」という詩はどういう創作状態のもとで書いたかあまり覚えていない。おそらく地球が誕生して以来、世界は一秒も休まず変化していると言っても間違いがないだろう。逆も言えるのだ。生命体であれば、生死を絶え間なく繰り返すことは不変な規律をもって時間と空間を貫き、つまり仏語の輪廻である。一般論でいうなら、夜は肉体の休む時間だが、そこで人間は良い夢と悪夢に出会うのだ。時に不眠に頭を悩ませることもある。神秘感の満ちた夜にどんな出来事があるのかがこの詩のモチベーションである。「半分の香港」は今の香港で起きたデモ以前に書いた作品だが、資本主義と社会主義のはざまにある香港の在り方を思考した結果である。

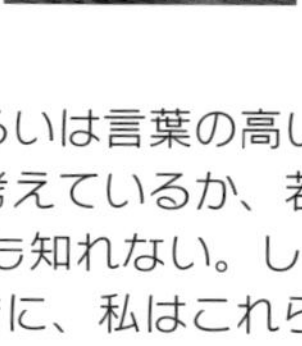

駱英《らくえい》
(Luò Yīng)

私の詩について

深いメタファーという創作手法をもって、あるいは言葉の高い芸術性を追求して詩を書くのは多くの詩人がそう考えているか、若しくは真剣にそれと向き合って詩を書いているかも知れない。しかし、「文革記憶」という作品群を書こうとしたときに、私はこれらの方法論というよりも、素直に自分の記憶と生きてきた経験に忠実に語りの口調で、「文化大革命」という世界現代史において、この上ない残酷と暗黒の時代を如実に再現しようと思い、あの時代で生きている実際に会ったことのある人々の生き生きとした様子をリアルに復元しようとした。

御徒町凧（おかちまちかいと）

名付ける

四年前、生まれた娘の名前を「何」と名付けた。読み方はそのまま「なに」。まだ何者でもない我が子が何にでもなれるように、そして謎に満ちたこの世界に「何？」と問い続けられるように。というのは表向きの理由で、実際は妻と相談していた際「何にする？　何にする？」と呪文のように繰り返したら、そこから抜けられなくなっただけ。

そういえば今日、ユーチューブチャンネルを立ち上げた。「オカチャンネル」という詩の朗読をする動画チャンネルだ。アップされた動画を見返して「詩ってなんだろう」という月並みな疑問が残った。詩は、世界を世界のままで捉える装置なのかもしれない。未定だが、二人目が生まれたら「果（はて）」と名付けたい。

松崎義行（まつざきよしゆき）

詩でつながる

ここに集った人は、すべて「詩」の縁でつながった人たちです。だからこの場所は居心地がよく、小躍りしたくなります。じっさい 90 キロ超の体で、ドシンドスンいいながら踊っています。

今回載せた２篇の詩は、言いたいことが「ない」ままに、見たい風景をたどっていったような（日常の旅、のような）詩です。たどっていっているのは、気ままな「私」なので、私の思想や生き方のクセががそのまま表れていると思います。

こんな自分をそっとしておいてくれるのは、この場所の一番いいところだと思っています。これからもこの場所で新しい詩人と、詩を通じて出会えることを楽しみにしています。

札幌ポエムファクトリーは2カ月に1回、ポエトリースクールを開催しています。
初心者の方でも、お楽しみいただける内容です。
詩を読むのが好きな方、詩を書くことに興味がある方、
ぜひお気軽にご参加ください。

詩《し》の結晶《けっしょう》は七《なな》角形《かっけい》

2019年11月25日　初版第一刷

著者　札幌ポエムファクトリー
飯野正行、兎ゆう、大江那果、大沼いずみ、木ノ下チャイ、
佐々木吉伸、佐藤雨音、すずな、中村昭子、月乃にこ、福士文浩、
古川奈央、菩仏、松崎義行、未知世、村田和、ゆうくん
田原
駱英
御徒町凧

発行人　大江那果
発行　ポエムピース
〒166-0003
東京都杉並区高円寺南4-26-12　福丸ビル6階
TEL03-5913-9172
編集　古川奈央（ポエムピース札幌編集長／俊カフェ店主）
デザイン　洪十六（ポエムピース）
カバー写真　谷今日子
印刷・製本　株式会社上野印刷所
ISBN978-4-908827-60-0　C0095

ポエムピースの詩集

振り向けば詩があった　札幌ポエムファクトリー　１２００円
愛のカタチは詩のカタチ　札幌ポエムファクトリー　１２００円
「詩の時間」シリーズ
大切なことは小さな字で書いてある　谷郁雄　１４００円
幸せは搾取されない　松崎義行　１３００円
雑草・他　御徒町凧　１４００円　２０１９年11月新刊
せつないほどに　飯野正行第2詩集　１５００円
こころから　飯野正行詩集　１５００円

＊

手記　札幌に僕カフェができました　古川奈央　１４００円

※価額は消費税別